내 삶이 하나이듯
사랑도 오직
당신뿐입니다

내 삶이 하나이듯 사랑도 오직 당신뿐입니다

초판1쇄 인쇄 | 2009년 11월 24일
초판1쇄 발행 | 2009년 11월 25일

지은이 | 임우현
펴낸이 | 박대용
펴낸곳 | 도서출판 징검다리

주소 | 413-834 경기도 파주시 교하읍 산남리 292-8
전화 | 031)957-3890,3891 팩스 031)957-3889
이메일 | zinggumdari@hanmail.net

출판등록 | 제 10-1574호
등록일자 | 1998년 4월 3일

*잘못 만들어진 책은 교환해 드립니다.

내 삶이 하나이듯 사랑도 오직 당신뿐입니다

임우현 지음

징검다리

프롤로그

"그래서… 더 사랑합니다"

멋모르던 어린 시절

아니

다 큰 줄로만 알고 멋모르고 결혼이라는 것을 선택했던

10년 전의 시간이 철없던 모습 같지만

10년 전 그 시간이 있어 지금의 행복이 있기에

그래서… 더 사랑합니다

서로가 알아온 것 보다

서로가 알아가야 할 것이 더 많기에

그래서… 더 사랑합니다

10년 전 그 프로포즈

그대로를 다시 옮겨 봅니다

그리고 지키지 못했던 그 고백

또 한번 말해보며

미안한 마음 고마운 마음 사랑하는 마음을

나누어 보렵니다

우리들만의 이야기 일 수도 있고
이제는 누군가에게 같이 나누어야 할
이야기 일 수도 있기에
또다시 부족한 사람이
모자란 글들을 써 보려 합니다
아직 어리 숙해도
아직 한참을 몰라도
그래서 더 배우고 싶은 사랑에 대한
글들을 써 내려 갑니다
그래서 더 사랑한다고 말하며……

머리글

1999년 5월 15일 스승의 날에

청주 야외 결혼식장에서 결혼을 한지 10년의 세월이 흘렀습니다.

2009년 9월 어느 날…

10년 전에 했던 프로포즈 글들을 읽게 되었고

어느새 10년의 세월이 흘렀다는 것을 알게 되었습니다.

길다면 긴 10년… 짧다면 짧은 10년…

참으로 많은 일들이 있었고… 참으로 몰랐던 일들이 있었고…

그러기에 그냥 묻어 두고 가기에는

미안한 마음들이 너무 많아…

고마운 마음들이 너무 많아…

이 마음이 나만의 마음이 아니라

이 시대를 살아가는 결혼한 지 10년이 되어가는 어느 누군가의 마음일 것 같기에 그리고 이제 결혼을 앞두는 어느 누군가가 알고 싶어 하는 마음일 것 같기에 다시 한번 용기를 내어 글을 써봅니다.

한 사람에게는 결혼 후 10년 동안 제대로 말하지 못한 고백이 되어지기를…

결혼한 형제들에게는 같은 마음으로 말해주고 싶은 공감이 되기를…

결혼한 자매들에게는 이해하고 싶은 누군가의 이야기이기를…

그리고 결혼을 앞둔 인생의 후배들에게는 그냥 알아두면 좋은 이야기이기를 소망하며…

다시 한번 기회주신 주님께 감사하고

사랑하는 아내와 가족

그리고 사랑하는 스승님에게 감사를 드립니다.

Contents

01 미안한 이야기

02 사랑 이야기

03 알려주고 싶은 이야기

04 선물 이야기

05 청혼 이야기

서로가
알아온 것 보다
서로가
알아가야 할 것이
더 많기에

그래서… 더 사랑합니다

고민···

그동안 12권 가량의 책을 출판 할 때 마다 저의 이름을 걸고 세상에 무언가를 내어 놓는다는 것은 늘 부담스러운 일이었습니다.

그럼에도 그냥 그때그때 하고 싶은 이야기, 남기고 싶은 이야기라 생각되어 단 한 사람만 읽어도 좋다는 마음으로 글들을 써 보았답니다.

그러나 이번에 이 책만큼은 마지막 시간까지 저에게는 너무나도 큰 고민이었답니다.

첫째는 이 글의 대상자인 아내가 워낙 이런 글을 쓰고 남기며 누군가에게 보이는 것 자체를 싫어하기 때문에 아마도 이 책이 출판이 되어 있다면···

책이 나와 사람들에게 전해지는 그 시간까지 철저한 보안으로 인해 출판이 가능했을 것입니다.

만약에라도 중간에 이런 책을 쓴다는 것이 알려지면 울고불고 어떠한 협박을 해서라도 이 책의 출판을 말렸을 테니까요.

두 번째는 사람들의 시선입니다.

예빈이 육아일기를 쓸 때에도 가족이야기, 아이 이야기를 쓴다고 팔불출이라 하며 조금은 삐딱한 시선으로 바라보는 사람들도 많았기 때문입니다.

그런데 10년 전에 했던 프로포즈 시 들을 다시 읽는다는 사실만으로도 결혼한 지 10년이나 되어 버린 사람이 다시 유치한 내용들의 시를 쓰며 사랑이야기를 한다는 것이 유별날 수 있고 괜한 짓을 하는 것처럼 보일 수 있기 때문입니다.

그리고 마지막 세 번째는 이 책을 써 내려가는 순간에도 저와 아내와의 사이에 가끔씩 생기는 갈등들 때문입니다.

어제까지는 세상의 모든 것을 줄 수 있을 만큼 소중하지만 오늘은 아주 사소한 일 하나에도 서운해 하며 많은 것이 벽에 부딪히는 시간들이 있기 때문입니다.

괜한 글을 쓰는 것 같고… 괜한 짓을 하는 것 같고…

어쩌면 책을 낸 후에도 두고두고 후회할지 모른다는 두려움 또한 사실입니다.

제가 아내에게도 아이에게도 또한 어머니와 여러 사람들에게 많이 듣는 말 중의 하나가 말을 잘한다는 것입니다.

말만 잘 한다는 이야기입니다.

목사가 말을 잘하니 사람들도 좋아하고 여기저기 불려 다니는 강사로는 좋지만 왠지 불길한 생각까지도 줄 수 있기에 두려움이 생기는 것이 사실입니다.

그래서 원고를 하나하나 마무리해가는 시간이 가까워질수록 점점 더 커지는 고민에 머리와 두 눈이 아플 지경입니다.

갈등…

그럼에도 이 책에 대한 미련과 갈등은 계속되어집니다.

우선은 사람들의 눈물이 자꾸만 떠오른답니다.

징검다리에서 주최하는 아카데미 웃음치료 수강생들 중 많은 숫자가 주부들이랍니다.

그분들에게 진정한 웃음은 행복한 가정과 행복한 부부 생활을 통해 생긴다는 이야기를 나누며 알려주고 싶은 이야기들을 하나하나 해주어 가면 막 웃으며 강의를 듣던 이곳저곳의 주부들과 수강생들의 눈가가 벌겋게 변해가는 모습들을 볼 수 있습니다.

어떤 분은 아예 고개를 숙이고 눈물을 닦느라 강의를 못 듣는 분들도 계신답니다.

입은 웃긴 이야기들이라 웃고 있는데 눈에서는 자꾸 눈물이 흐르고 가슴 한 구석이 아련해져 오는 그런 이야기…

지금 이 책의 이야기들입니다.

누구나가 결혼 전에 꿈꾸었던 환상, 누구나가 결혼 후에 기대하던 생활은 백마탄 왕자요, 숲속의 잠자는 공주가 아닌 아주 사소한 일에 기쁨과 행복을 나누는 가정생활 이었을 텐데 너무 바쁜

현대 사회는 돈이라는 괴물 때문에… 성공이라는 괴물 때문에…

어찌해야 가족이 행복한지 뻔히 알면서도 어쩔 수 없다는 논리로 자포자기 상태 가정들의 모습이 많기 때문입니다.

그분들의 눈물이 잊혀 지지 않습니다.

또 한 부류의 사람들은 결혼예비학교와 데이트 스쿨 이성교제 강의 등을 다니며 만나는 예비 신랑신부와 청년들의 심각한 얼굴들입니다.

평생에 가장 중요한 둘이 만나 하나가 되어가는 결혼을 준비하는 이들에게는 워낙 중요한 일이니 만큼 갈등도 큰 법인데 진짜 중요한 준비가 무엇인지를 알려주지 않고 재테크와 재정관리 그리고 혼수준비와 신혼여행, 살아가며 필요한 환경적인 것들만 여기저기서 이야기를 듣다 보니까 실질적으로 평생을 살며 함께 부부가 노력해야 할 이야기들을 배우지 못하는 것이 현실이기 때문입니다.

아무리 가르치는 시스템이 철저히 잘 되어 있어도 우리나라의 이혼율은 이미 두 쌍중 한 쌍에 이를 정도로 달려가고 있기에 심각한 가정의 문제가 되어 지고 있답니다.

그중에서도 가장 중요한 경제력의 문제는 청소년 범죄의 상당 부분이 가난한 가정의 친구들로 인해 생기기도 하기 때문입니다.

경제력의 이유라면 계속해서 글을 써 놓았기에 잘 알겠지만 전 이미 수십 번도 더 이혼을 당했답니다.

아내와 단둘이 청주 지방법원에서 개인파산을 선고받을 때만해도 전 두려움은 없었답니다.

물론 잘한 것은 없지만 그 돈이 저를 위해 쓰다가 부도가 난 것이 아니기에 떳떳했답니다.

그러나 시간이 흐르고 주위의 많은 사람들을 바라보니 그것이 얼마나 큰 이혼사유가 되는 것임을 알게 되었답니다.

그 힘든 시기에 아내가 해준 단 한마디… 아직도 생생히 기억나는 단 한마디…

"난 당신의 하나님을 믿어"저를 다시 일어날 수 있게 했답니다.

부부끼리의 절대적인 신뢰와 사랑 그리고 관용과 이해의 이야기를 나눌 때면 청년들의 두 눈이 동그랗게 커지는 얼굴들을 잊을 수가 없답니다.

살아가며 가정의 행복을 이어주는 것은 물질이 아닌, 환경이 아닌 가족의 사랑과 부부의 사랑과 신뢰랍니다.

앞으로도 더 많은 청년들을 만날 것이고 앞으로도 더 많은 주부들과 교사들을 만날 것입니다.

그러기에 이 책을 내기 어려운 수백 가지의 이유를 등에 지고서라도 이 책을 내야할 한 가지의 이유가 저의 사명의 지팡이가 되어 오늘도 갈등의 고개를 하나하나 넘어가고 있답니다.

도전…

그러기에 과감하게 오늘 이 글들을 세상에 내어 놓으려 도전의
길을 걸어갑니다.

부디 평범하지만 너무나도 소중한 가정의 행복을 다시 회복하
고 싶은 모든 이들에게 부모가 폭력적이면 자녀도 폭력적이고…
부모가 바람이 나면 자녀들도 바람이 나고…

부모가 가난하면 자녀들도 어쩔 수 없이 가난해진다며 필연적
인 가족의 저주를 운명처럼 받아들이는 이들이 아직까지도 많이
있기에 지금 이 글을 읽는 당신조차도 그런 생각의 늪에서 빠져
나오지 못하고 있다면 오늘 과감히 도전 합시다.

그 동안 여러분 가족 안에 있었던, 부모와 자녀 간에 있었던 여
러 가지 갈등과 아픔들은 당신의 아주 작은 노력들로 인해서 하
나씩 하나씩 변해가게 될 것입니다. 믿고 도전하시면 됩니다.

언제나 첫 숟갈에 배부르지 않으니 한걸음씩 천천히 시작하게
되는 그 걸음에 어느 날 마지막 힘을 다해 달리는 운동장의 모습
이 보일 것이며 더 이상 먹지 않아도 부족함이 없는 배부르고 따
뜻한 시간이 되어 돌아 올 것입니다.

아주 작은 한 가지 일에라도 도전하시기를…

감사…

그저 감사할 뿐입니다.

이런 글을 쓸 수 있는 아무런 조건도 아무런 환경도 없었지만 18살 때부터 38살이 될 때까지 추하고 못나게 많이 굴었어도 그럼에도 불구하고 포기하지 않고 붙들고 있던 주님의 손을 통해 힘들고 어려워도 바라보았던 주님의 얼굴을 통해 오늘도 삶의 모든 순간순간에 감사의 고백들만 흘러나옵니다.

스승이 없는 제자가 제일 불쌍하다는데 평생에 다시 못 만날 스승님을 주신 일도……

다른 가족은 몰라도 시댁과 처가의 한 분뿐인 어머니들과 함께 예배드릴 수 있는 축복을 주신 일도……

나보다도 나를 더 아껴주며 오늘도 눈물로 눈물로 중보의 단을 쌓아주는 사랑의 끈을 주신 일도……

소중하고 고마운 모든 동역자들과 제자들을 주심에도……

그저 어제도 오늘도 아니 어쩌면 내일도 당신 마음 아프게 하며 속 썩일지 모르는 저에게 오늘 또다시 기회를 주어 사명대로 살게 하시는 주님과 함께 예배드리며 살아 갈 수 있는 오늘이 있음에 감사할 뿐입니다.

모든 영광 하나님께 돌리며……

오늘 이 고민과 갈등을 뒤로 하고 새로운 선택에 도전하여 더 큰 감사를 드리는 시간이 주어짐에 행복하게 펜을 내려놓습니다.

부디 단 한사람에게라도 소중한 작은 도움서가 되기를 기도합니다.

PART 01

미안한 이야기

짧지 않은 시간…
살아가다 보니 미안한 이야기들이 너무 많이 있답니다.
부부간의 문제야 쉽게 생각하면 쉬울 수 있지만 그 쉬운 문제가 해결 안 되어
갈등의 씨앗이 되고 아픔의 씨앗이 되는 것을 너무 많이 보았기에
이제라도 십년 만에 용기를 내어 고백해 봅니다.
미안한 이야기들입니다.

신혼여행

신혼여행을 못 다녀왔습니다
토요일 결혼하고 주일 예배 드리고
월 화 수 부산에 있는 대학 축제 사회 보러가서
신혼여행 겸 사역을 하고 왔답니다
사역자는 바쁜 사람은
그렇게 살아야 되는 것처럼
혼자서 착각하고 누군가처럼
어디로 갈 건지 무엇을 할 건지
물어보지도 않고 신혼여행 때
일을 해버렸답니다
스물다섯의 신부는 제게 아무 말도 못했답니다

이제야
너무 미안해집니다

드레스

예쁜 드레스에 예쁜 면사포를 쓰는 것이
여자들의 로망이라는데
남자들이 같이 가서 한번쯤 입어보고
예쁘다고 칭찬하면 부끄러워하며
그래도 좋아하는 것이 여자들이라던데
결혼식 날 아침 급하게 찾아가
오만 원 주고 한번 입어보곤
결혼식장으로 가야했던 그 드레스
그래서 결혼식 날 신부화장 한번 드레스 한번
기분 좋게 해주지 못한 저는
도무지 제가 생각해도
이해가 되지 않습니다

신혼집

결혼식을 앞둔 이 주일 전
갑자기 우리 어디서 살 거냐며 물어 보길래
그냥 같이 집구하러 가자 말하고
학교근처 천만 원짜리 전세 집을 구했고
예비신부 앞에서 창피하게
이천만 원으로 계약서 써 달라
집주인에게 말하고
그 전세자금은 대출받아
행사 대금으로 다 날리고
결혼 1년 후엔 월 이십만 원짜리 월세 방으로
이사를 하고 신혼집 신혼생활 1년도 못 되어
대출로 시작해 그 돈 마저 다 까먹은 저는
지금 생각해도 무대포였답니다

신혼생활

신혼생활은 원래 신랑신부가 알콩 달콩
살아가야 하는 재미가 있어야 한다는데
결혼하고 얼마 후 같은 선교회에서 일을 하는
간사의 하숙비를 아끼기 위해 같이 사역하는
후배들의 생활비를 아끼기 위해 남자 후배와
함께 살아야 하는 신혼생활이 시작 되었답니다
몰랐습니다
젊은 신부가 여러 남자들과 함께 어울려 사는 일이
얼마나 힘든 일인지
그때는 정말 몰랐습니다

p.s 원식아! 너는 진짜 잘해야 한다

스물다섯

스물다섯이라는 나이는
아니 제가 처음 만났던
스물셋이라는 나이는
아무 것도 모를 수 있는
지금의 제자들을 보며
정말로 아무 것도 모르는
그런 나이일 수 있는데
이미 그때부터
아무런 선택의 여지가 없었답니다

저의 아내로 살아가야 하기에

사채업자

지금도 생각하면 가슴이 철렁 내려앉습니다
빚을 지게 되고 사채를 쓰게 되고
그로인해 쉬지 않고 걸려오는 전화와
쉬지 않고 찾아오던 사람들
예빈이를 임신한 아내를 혼자 두고
나가던 날들이 많았기에
혼자 남은 아내가 무슨 일들을 당하는지 몰랐기에
두고두고 씻지 못할 시간들을 경험하게 했답니다

무어라 말을 해야 할지

친구들

친구들은 다 사라진 것 같습니다
고향친구 이야기도 학교친구 이야기도
거의 하는 적이
거의 들어본 적이 없습니다
그저 오늘도 제가 벌인 수많은 일들 속에
제가 소개해준 수많은 사람들을 섬기며 대접하고
수많은 제자들을 가르치고 지도하며
그렇게 점점 더 친구 없는 사람이 되어가고 있답니다

결혼반지

결혼 후 두 달 만에 저희 집에 도둑이 들었답니다
신혼집 반지만 훔쳐 간다는 좀도둑
결국 찾을 수 없는 반지기에 포기하고 살았는데
결혼 후 10주년이 되었을 때
아!
아내에게 반지가 없다는 사실을 알게 되었습니다
좋아하지 않는 줄
별로 필요하지 않은 줄 알았던 그 반지
너무 좋아해서 도리어
너무 미안해 졌답니다

신용불량

신용불량자인 남편을 만난
모든 아내들에게는
두 가지의 선택이 있습니다
신용불량자인 남편을 떠나
본인의 신용을 지키는 길과
신용불량자인 남편과 함께
같은 신용불량자가 되는 길
이 둘 중의 하나 중에
아내는 두 번째 신용불량자가 되는
길을 선택했습니다
그런데도 뭐가 좋다고 웃습니다

이 여자
참 문제입니다

임신한 아내에게

영화 속 내용처럼
드라마 속 내용처럼
음식을
정성껏 사가지고
간 일이
기억이 납니다
양식 한번
꽃게탕 한번
딸기 한번
그런데
그것 밖에
기억이
나지 않습니다
아내가
임신을 했어도
저는 여전히
너무 바빴답니다

유산

뱃속 아이의 신장에 문제가 생겨
유산을 시키라는 이야기를
아내가 혼자 병원에 가서 들었답니다
전화로 울먹이는 아내에게
걱정하지 말고 다른 병원에 가보라며
이야기 하고 있는 제 모습이 보입니다
전 그날도
일을 하고 있었으며
아내가
얼마나 크게 놀랐는지
아직도 이해하지 못하고 있답니다

서울대 병원

뱃속의 아이가 몸이 안 좋아

결국 서울대 병원에 입원해서

아이의 신장에 문제가 커지면 바로 수술하기로

의사 선생님과 상담을 하고

이 주간의 입원 끝에 삼 일간의 진통 후에

예빈이 태어난 날

태어나고 한 시간 후

저는 겨울캠프 강의하러 갔답니다

괜찮을 거라고 다 잘될 거라고 말 한마디 남기고

그렇게 겨울 사역을 하러 나가서

며칠 만에 집으로 들어오는 일이 있었답니다

제 말처럼 수술 안하고

일 년간 병원을 다닌 후에 다 나았지만

저 정말 정신 나간 아빠 같습니다

왜 그랬을까요?

천식

이사 간 월세 방에 곰팡이가 심했답니다

한 달이면 집에 가는 날 별로 없어

아내와 아기만 남아있는 집에

곰팡이가 무섭다는 것을 전혀 모르고 살았답니다

그 후 몇 년 아내가

심한 천식이 생겼다는 사실에

결국에는 약 없으면

제대로 잠도 못 자는

몇 년의 시간을 보내는

지금에야 그저 너무나도

미안할 뿐입니다

하지 말아야 하는

그런 말들이
있답니다
어떤 일이 있어도
어떤 시간이 되어도
하지 말아야 하는
그런 말들이
있답니다
뻔히 알면서도
궁지에만 몰리면
나도 모르게 나오는
여러 이야기에
결국
오늘도
아내 눈에
눈물 나게
했답니다

선택

언제나
저희 가정
일의 선택은
제가
했답니다
가장이기에
남자이기에
남편이기에
그러나
그 선택의 대가는
언제나
가족이… 아내가…
치루어야 했답니다
왜 그런지는
저도 잘
모르겠습니다
선택은

제가하고
대가는
아내가
치루고 있습니다

백만 원

어느 날
갑자기
백만 원이라는
큰돈이 생겨
써 보라고
마음껏 써 보라고
준 적이 있답니다
월급을 준 적이
꼬박꼬박
생활비를 준 적이
없었기에
나름대로
호기를
부려 보았지만
제 옷 몇 벌과
아이 옷 몇 벌
그리고

밀린 세금내고

그렇게

돌아왔습니다

그러고도

제 옷 사서

좋답니다

휴~

큰일입니다

여자의 마음

여자의 마음을
아프게 한 일이 있었답니다
여자들 마음
다 똑같다는 것
다 알면서도
남편이라는 사람이
누구보다도 하나뿐인
아내라는 여자를
마음 아프게 하고
눈물 나게 하고
그렇게 그렇게
못 되게 굴었던
그런 시간들이
있었답니다

아주 못됐던
그런 시간

거짓말

아이에게
거짓말하면
못된 사람이라고
참으로도
화를 많이 내며
가르쳤는데
저는 사실
아내에게 거짓말을
참 많이 했습니다
모를 줄 알던 아내
그런데
어느 날 보니
다 알고 있습니다
귀신을 속여도
이 사람
속이기는
어렵습니다

천사와 사탄

어렵게 말하고 싶지 않습니다

이 시대의 아빠들

아니 제 자신의 모습들

집 밖에서는 천사이지만

집에만 들어오면 사탄으로 변해가는

이 시대의 남편들

그리고 난 아니겠지 했지만

결국에는 착한 척 믿음 있는 척 다하지만

저도 똑같은 남자일 뿐입니다

생일 한번

제대로 챙겨준 날이 없답니다
어쩔 수 없는
양력 7월 25일
대한민국 청소년 사역자들이
제일 바쁘다는 7월 마지막 주
함께 있어준 날이 몇 번인지
선물이라도 줄 수 있었던 날이 몇 번인지도
알 수 없는 그냥 알고만 지나가는 그런 날

생일 한번 챙겨준 날이 없네요

대화

제가

너무 자주

듣는 말이 있습니다

당신하고는

대화가 안 통해

벽에다

얘기하는 것 같아

도무지

남의 말을

들을 줄을 몰라

이런 말에

점점 더

흥분해 하는

제 모습이 보이고

결국에

마지막에

어찌 될지도

금방

알 수 있답니다

막힌 대화

막힌 소통

또 하루가

힘들어 지고

있습니다

질투

어느 날부터

질투라는

단어가

사라졌답니다

자꾸만

저에게

이제는

다 포기했다고

이제는

그러려니 하며

살아간다고

이야기를 합니다

이거

듣다보니

좋은 말인지

나쁜 말인지

구분이 되지 않아

기분이 묘하지만
결국
그렇게 되도록
무심했던 시간이
참 길었던 것
같습니다
아마
좀 길었던 것
같습니다

둘만의 시간

아내는
저와
단 둘만의
시간을
너무나도
좋아합니다
그 시간을
저도
너무나도
좋아합니다
아내는
둘만의 시간을
행복하게
즐깁니다
그런데 저는
아내와
둘만의 시간에

자꾸
불안해합니다
일중독!
사람 중독!
그냥
자꾸만
불안해하는
저를 보며
아내가
그냥 들어가자고
합니다
그럼 그렇지 하며

전
치료가
필요 한가 봅니다

이건 아니다

이건 아니다
싶습니다
부부끼리
이렇게 사는 건
표현도 안하며
아끼지도 않으며
존중하지도 않으며
그냥
살던대로 사는 건
이건 아니다
싶습니다
그냥
한번 사는 인생
이건 아니다
싶습니다
그래서
오늘

용기 내어
말합니다
미안하다고…
진짜로
미안했다고
말해주고
싶습니다

사건 사고

사건 사고가
참 많습니다
싸우다가
새로 산 차
발로 차서 부순 일
싸우다가
핸드폰
집어던져 부순 일
싸우다가
먹던 밥
화장실에 집어 던진 일
싸우다가
고래고래
소리 지르며 욕한 일
싸우다가
몰던 차에 흥분한 일
사건사고

참 많았습니다

이거 다 알려지면

전 이제

목회 못할지도

모릅니다

아내가

제발

비밀을

지켜 주기를

환상 그리고 현실

아침에
일어나서
처음 보는 얼굴이
당신이기에
저녁에
자리에 누워
마지막으로
보는 얼굴이
당신이기에
행복이고
감사이며
사랑이라는
환상이 있는데
현실은
아침마다
피곤하고
저녁마다

지친 모습이니
미안하고
속상하고
뭐!
그런
하루입니다

미안한 이야기들이

저에게 부메랑이 되어
돌아올 수도 있음을 알고 있습니다
결혼하고 남편과 아내의
버릇을 길들이기 위해
초장에 기를 꺾어야
한다는 말들도 들어서 알고 있습니다
자꾸 해주면
더 해달라고 하고
잘해주면
오히려 더 기어
오른다 하는 것들
제가 먼저 미안한 이야기
다 말하고 나면
나중에는 제가 더 주눅 들어
살아갈지도 모르겠습니다
그래도 굳이 이기고 싶은 마음 없습니다
다시 또

부부싸움 할 수도

다시 또

미안할 일 할 수도

반드시 있지만

그냥 그때에도 서로가

잘못한 사람이 미안하다고 말하며

살아가는 그런 부부이고 싶습니다

미안할 때 미안하다고

고마울 때 고맙다고

그렇게 말하며

그래서… 더 사랑하며

살아가고 싶습니다

PART 02

●●●●●●●● 사랑 이야기

함께 살아줘서 미안하고 또 미안해서
그래서 더 사랑하는 마음으로 남기는 '사랑 이야기' 입니다.
그냥 모든 것이 고맙고 감사해서
해 줄 수 있는 말이 이것 밖에 없어서
오늘도 그대로 써 내려갑니다.
사랑이야기를…

당신이

좋아한
그 음식이
바로
내가 제일 좋아하는
음식이
되어버렸답니다

당신이
좋아하는 노래가
나의
애창곡이 되었고요

당신이
좋아하는 그 책은
내 서재의
가장 많은 책이고요

당신이
좋아하는 사람은
나의 가장
친한 이웃이 되었답니다

당신
참 많이도
나를
바꾸어 놓았답니다

당신이

사랑해서

마음이 아프니

감은 두 눈

뜨지 않고

바라보지 않으려

다시금

두 눈을 감아도

사랑해서

오늘도 눈을 뜹니다

아침에 일어나

자리에서

일어나는 일 조차

누구나 할 수 있는

쉬운 일은 아니지만

사랑해서

오늘도 일어납니다

사랑해서

나는 아직 멀었지요

그냥
당신이 나에게 해 준거에 비하면
나는 아직 멀었지요
알면서도 또 속아주니
고마울 뿐입니다
오늘도 당신이
나 때문에 해야 하는 일이
무겁고 버겁지만
그럼에도 묵묵히
잘 감당해주니 고마울 뿐
나는 아직 멀었네요
당신 사랑
아니
당신 선물
돌려주려면
나는 아직 멀었네요

하늘 위에

모든 구름이
다 우리 것이니
세상에 우리보다
부자가 있을까?
요즘 들어
부쩍 더 많이
보게 되는
저 하늘
더 더 더
사랑하며 삽시다
사명대로 삽시다
더 더 더
그저 우리에게
주어지는 사명대로
그렇게
그렇게 삽시다
더 더 더

당신이

함께 있어 주기만 해도
나는야 주님께 감사하고 힘이나니
그래서 주님이
우리를 부부라는 이름으로
만들어 주셨나 보네요
일주일에 하루 이틀 집에 들어가는
못난 남편이지만
믿어주니 사랑해주니 기도해주니
난 오늘도 어느 곳을 가던지
언제나 행복이랍니다
당신도 오늘
무엇을 하던지
어디에 있던지
언제나 행복이기를
기도 합니다
축복 합니다
사랑 합니다

내가 거짓말 잘하나보네

오늘 아침

그 거짓말 이루어질 일인 줄 알고

생각 없이 이야기 했는데

그러네 거짓말이네

나는 살면서 참 거짓말을 많이 하네

특히나 당신에게는

쉬지 않고 거짓말을 하네

알면서도 속아주니

고맙고 미안하고

이제는 그러지 않으려

최선을 다하지만

나도 모르게 또 거짓말을 하네

당신 힘들게 하지 않겠다는 거짓말

더 더 조심하고 고쳐나갈게

그리고

거짓말 아닌

한 가지

사랑한다는 말
믿지 못하겠지만
더
사랑하겠다는 말

가장 좋은 것으로만

당신에게
주고 싶답니다
조금이라도
더
좋은 것으로만
당신에게
주고 싶답니다
그렇게
마음먹고
시작했기에
지금도
그렇게
마음먹고 있답니다

사랑하니까

더 사랑하며

더 사랑하며
살아 갑시다
그냥
우리 둘 다
더 사랑하며
그렇게
하나 둘 셋
사랑하는
마음만 늘려가며
그렇게
더 사랑하며
살아 갑시다

더

비오는 날이나

눈 오는 날이나
무엇이라도
특별한 날이면
혼자 있는
시간에는
언제나
당신이 그립습니다
내리는 비도
내리는 눈도
화창한 날씨도
그저
당신과 함께
누릴 수 있기를
그것이
행복입니다
오늘도
보고 싶습니다

당신이
참 좋습니다
사랑 합니다

아하!

이제야

쉼이 무엇인지

알아 가는구나

10년을 살면서

쉰다는 것이

무엇인지도 모른 체

살아왔는데

이제야

쉼이 무엇인지

조금씩은

알아가는구나

그냥

아무것도 안하고

당신과만

있으면 되는 걸

굳이

무엇을

하지 않아도 되는데
괜히
무엇을 하려하니
그것이 더
힘들었던 것을
쉼이란
그냥
가만있으면
되는 것을

당신과

내게 필요한 모든 것이

내게 필요한

모든 것이

당신 것이면

좋겠습니다

나에게는

당신만 있으면 되니

모든 것이

당신 것이면

모든 것이

나의 것이기에

별로

내가 가지고

싶은 것은 없습니다

그냥

당신과만

함께 누리며

살아가기만을

소망 합니다

모든 것이
당신 것이면
좋겠습니다

협박

자꾸만

무슨 말만 하면

가슴에

담아두고 산다며

그냥 그러려니

하고 산다며

협박하는

당신을 보면

화도 나고

속도 상하지만

이에는 이

눈에는 눈

나도

이 서운한 맘

가슴에

담아두고 살렵니다

하고 싶은 말

다하며 살 수 없고
듣고 싶은 말
다 듣고 살 수 없으니
이제는
그럴 수도 있구나
마음을 먹으며
어떠한
협박에도
놀라지 않고
그냥
인정하며 삽렵니다
오늘 더
행복한 일들이
많을 것이기에

짧은 글 긴사랑 I

난
당신이 있어
참 좋다

내 삶이 하나이듯 사랑도 오직 당신뿐입니다

짧은 글 긴사랑 II

같은 하늘
같은 구름
같은 세상
같은 사람

우리입니다

마음대로 살아봐요?

당신
마음대로 살아봐요
그냥
이제는
당신이
하고 싶은 대로
하며 살아봐요
당신이
당신 마음대로
살아가도
당신위해
살지 않는 것
이제는
알 수 있으니
처음에는
내 마음대로
살아 왔지만

이제라도
당신 마음대로
살아가요
난 그 마음에
맞추어
살아 갈 테니
이제야
우리들이
같은 곳을
보는 법을 배웠기에
같은 길을
가는 법을 배웠기에
내 마음대로
당신 마음대로가
같은 마음임을
알게 됩니다

우리에게 사생활은

점점 더
포기되어지는
단어인 것 같습니다
영적 어미로
살아가야 하기에
영적 아비로
살아가야 하기에
그러기에는
포기해야 하는 것이
우선순위이기에
그냥
이제는 자연스럽게
조금씩
포기되어 집니다
그럼에도
마냥
힘들지만은 않음이

살아나는
영혼들을 바라보며
이것이 사명이기에
이것이 생명이기에
당신과 나
우리들이 포기하면
더 많은 이들이
살아날 것이기에
그러기에
오늘도
행복하게
전진입니다

우리는 둘 다

사명자입니다
서로가 서로를
받쳐주고
밀어주고
땡겨주고
우리는 둘 다
사명자입니다
누가
먼저이고
나중이고
할 것 없이
우리는
둘 다 사명자입니다
주님이
우리에게 허락하시는
그 일을 다 볼 때까지
우리는 오늘도

그곳으로 전진입니다
오랜만에
집에 돌아가도
언제나
같이 있는 마음은
언제나
같은 길을
가고 있기 때문입니다
우리는
언제나
같은 마음입니다
같은 사명자이기에
주님께
그저 감사일 뿐

당신무릎에 굳은살을

보았습니다

운전하고 오는 길

당신 무릎에

깊이 박힌 굳은살을

보았습니다

이미 우리들의 모든 인생을

주님께 드리기로 결심하고

매일 이어지는 모든 예배에

생명걸기로 작정했어도

무릎으로 사는 인생이 쉽지 않은데

어쩌면 부족한 나 때문에

더 열심히 기도하고 부르짖을 당신이기에

미안하고 고맙고

그냥 그 무릎만으로도

요즈음 왜 나의 사역 현장 속에

놀라운 성령의 임재하심이 있는지

왜 같은 말을 해도

다른 반응들이 오는지
알 수 있을 것 같습니다
나도 그 무릎 가져야 하는데
부족한 목사 부족한 사람
아직 당신남편 멀었지만
사랑하는 사람의 중보로
오늘도 포기하지 않고 전진입니다
그 무릎의 대가는 영혼 구원으로
반드시 이어지기를 약속하며
사랑 합니다
그 눈물만큼
그 무릎 이상으로
아프지 말기를

PART 03

알려주고
싶은 이야기

같이 결혼해 살아가는 동안에 조금은 답답한 상황에 놓인 동기들에게…
이제 결혼해서 무언가를 알고 싶은데 아직 아무것도 모르겠는 후배들에게…
그냥 살아본 원칙으로 조금은 '알려주고 싶은 이야기'들입니다.
알아두면 그대로 좋을 뭐 그런 이야기…

마지막

마지막이란

단어를

떠올릴 수 있는

그런

상황들이 생깁니다

그 단어 속에

고민하고

갈등하는

시간들이 많아진다면

사람의 생각이

선해질 수 없듯이

부부의 문제는

절대로

좋아질 수

없답니다

마지막이란

단어가

떠오르는 날에는
다시
모든 단어를
지워 버리고
차라리
아무 생각 없이
아침을 맞이하는 것이
지혜랍니다
아무 생각 없이…

p.s **그냥 다 잊어버리기**

부부싸움

부부싸움은

칼로 물 베기라는

내려오는 이야기가

맞을 수도 있지만

요즈음에는

칼로 단단한

바위를 칠 때도

많답니다

부부싸움

그날 그날

화해하고 끝내면

물처럼

물렁할 수 있으나

조금이라도

시간이 흐르면

더 단단해져서

절대로

갈라지지 않고
굳어지는
바위가 된답니다
부부싸움은
그날 그날
화해하고
끝내야 하는
그런
약속이
있어야 합니다

p.s 화난체로 그냥 잠들지 않기

침묵

때로는
매끄러운 말솜씨가
오히려 더
단점일 수 있답니다
어쩌면
하고 싶은 말
모두 다하고
뒤끝 없는게
멋있어
보일지는 모르지만
가끔은
하고 싶은 말
가슴에 담아두고
어눌한 말솜씨
참아가면서
침묵한 당신이
오히려 더

지혜로울 수 있답니다

백 마디 말보다

한 번의 침묵이

더 강한

말 일수 있습니다

p.s 내가 하고 싶은 말은 한번 참아주기

먼저 찌르세요

숨 쉬는 것
조차
눈치 보이는
그런 날 저녁
밥 먹는 것
조차
부담스러운
그런 날 저녁
기침소리 조차도
신경 쓰이는
그런 날 저녁이
예정에도 없이
생기고는 한답니다
그런 날 저녁에는
그냥
누군가 한 명이
상대방 옆구리

한번 찌르세요

놀란 그 사람

갑자기 쳐다보며

왜 그래?

라고 말할 때

움직이는

입가와 눈가는

이미

모든 상황이

끝났음을 말합니다

조금은 힘든

그런 날 저녁

먼저 용기내어

찔러 보세요

p.s **용기내어 화해하기**

용서

어느 날
나도 모르게
너무나도
큰 실수를 했던 날
죄인 된 마음으로
힘없이
누워있던 나에게
정말로
아무렇지도 않게
던져준 한 마디
하나님도
당신을 용서했는데
내가 뭐라고
당신을
용서 못하겠어
일어나 힘내!
아!

어쩌면

이 한마디에

새로운 삶이

새로운 시간이

새로운 사랑이

시작될 수

있던 것 같습니다

사랑은

누구나 다

용서 받을

자격이 있답니다

p.s 그냥 모두 다 용서해 주기

그러지 마세요

뻔히 그 말하면

상처 받을 거 알면서

뻔히 그 말하면

싫어 할 줄 알면서

뻔히 그 말하면

기분 상할 거 알면서

그러지 마세요

다 알면서

그 말

그 행동

얼마나 싫어하는지

그리고

어떤 말

어떤 행동이

웃음 짓게 하는지

행복하게 하는지

기쁘게 하는지

다 알면서

하지 마세요

그러지 마세요

p.s 안 해도 될 말은 안하기

말 한마디

남자들을
움직이는
가장 쉬운
방법 중 하나는
아내의
말 한마디
아내의
말 한마디에
하루 종일
힘이 나기도 하며
하루 종일
힘이 빠지기도 하는
아내들의
말 한마디는
참 신기한
능력이 있답니다
남편이

가족이 아닌
그 누군가가
듣고 싶어 하는
그 말 한마디를
오늘 할 수 있다면
당신은
참 지혜로운 아내랍니다

p.s **힘이 나는 말 골라 해주기**

작은 선물

남자들이
말 한마디에
감동을 받는다면
여자들은
작은 선물
하나에도
처음부터
여자 일 수밖에
없답니다
꽃 한 송이
작은 메모
하나에도
그 마음에
감동을 하는
아내의 모습을
바라보며
왜 더 일찍

알아내지 못했을까
후회를
하기도 한답니다
작은 선물
하나의 힘
아내의 행복입니다

p.s 작은 선물 준비하기

기념일

만난 지 며칠

처음 만난 날

처음 만난 장소

이런 건

하나도

기억 못해도

별 문제 없지만

생일

결혼기념일

이런 건

진짜

이런 건

기억하며

준비해줘야

하지 않을지

이런 것도

안 챙기는 사람이

있냐고 물어 본다면
많습니다
진짜로
기억도 못하는
남편들
많습니다

p.s 챙길 건 챙겨주기

문자 한 통

문자 한 통
짧은
편지 한 장
결혼 전에는
그렇게도
자주 보내던
문자 한 통
편지 한 통의 사연이
결혼만 하면
왜 그리도
할 얘기들이
사라지는지
말 안 해도
다 안다지만
알려주고 싶습니다
말해주면
더 잘 안다고

문자 한 통
편지 한 통
그냥
한번씩
잊지 마시기를

p.s 말이 아닌 짧은 글 하나의 사랑

사랑합니다

난
당신이 있어
참 좋다
라는
짧은 글귀에
좋아하던
당신이
떠오릅니다
그러나
어느 날
이 말보다
사랑 합니다
라는 한마디를
더 좋아하는
당신을
발견 합니다
세상사람

누구나 다 좋아하는
사랑 합니다
라는 이야기를
잃어버리고 사는
사람들이
너무나도 많아집니다
이 쉽고도 중요한
한마디
사랑 합니다
라는 말 한마디를
절대로
잊지
마셔야 한답니다

p.s **따라하세요… 사 랑 합 니 다 ♡**

부부의 원칙

팔은

안으로 굽는다

라는 속담에

맞장구치며

사람 사는 거

어쩔 수 없지 라고

이야기 해 보았지만

결혼을 하고 나면

부부가 되고 나면

팔은 안으로 굽는 것이

아니라

같이 굽어져야 하는

운명의 공동체임을

알 수 있게 됩니다

시댁이든 처가이든

누구에게나

언제나

동일하게

웃어주고 울어주는

마음이 같아야

행동도 같을 수 있기에

가장 어려운

부부가

같은 마음이

되는 일입니다

p.s **시댁, 처가 더 챙겨주기**

쇼핑

일 년에 몇 번
함께 쇼핑을 가봅니다
할인매장도
큰 마트에도
의욕적으로 시작한 일이
피곤으로 몰려올 때
어김없이 듣는 소리

그럴 줄 알았어!
차라리 앉아서 쉬어

쇼핑의 즐거움을
전혀 모르는
남자이기에
맞장구 쳐주는 것을
모르는 남편이기에
아내에게는

빵점 남편입니다

일 년에 몇 번

좀만 더

참아주면

진짜

1등 신랑 일 텐데

아!

오늘도

피곤합니다

p.s 쇼핑할 때 그냥 시키는 대로 해주기

재정

가정 안의 재정권
어떤 집은
아내가 가지기도 하고
어떤 집은
남편이 가지기도 하고
버는 것이
남자이니
남자가 처리해도
문제가 되지 않지만
결혼하고 10년
제가
재정을 관리했던
7년의 시간은
언제나
실패였지만
아내가 관리 했던
3년의 시간은

이미

7년의 실패를

다 만회 했습니다

역시

재정은

아내가 더

지혜롭습니다

인정 합니다

p.s 재정권은 신뢰함으로

아이를 키우는 일

부부사이에
아이가 태어나고
아이가 자라가며
아이를 양육하게
되는 날이 온다면
휴……
이건 좀 어렵습니다
방법도 없고 해설 책도 없고
우리 아이 키우기 힘들답니다
그냥 엄마는 자주 무섭게
아빠는 한 번에 무섭게
엄마는 항상 가까이
아빠는 조금은 멀리
엄마는 날마다 아빠는 가끔씩
잔소리와 충고 그렇게
하루하루 아이를 키우는 일
혹시

아이를 키우는 일 우리도 좀 알려 주세요
방송에서 본 내용 책에서 읽은 내용
왜케 우리는 잘 안되지요?
그냥
정답은 딱 하나
사랑뿐인 듯 싶습니다

p.s 애들은 알아서 키우세요

1박2일

리얼 야생

로드 버라이어티

프로그램

1박2일이

오락 프로그램의

대표주자가

되었답니다

정해진 콘티보다

그때그때

일어나는 상황과

먹을 것 하나

자는 것 하나하나

어찌나

즐겁고 재미있는지

보다 보면

유쾌해지는

보기만 해도

즐거운 1박2일

사랑하는

누군가와

함께 떠나신다면

잊지 못할 추억

같이 만들어가는

야생 로드 버라이어티

결혼생활의 기쁨을

나눌 수 있답니다

p.s 아주 가끔 가는 1박2일 여행 강추입니다

추천

봄에는 봄나물 따는 재미
여름에는 물놀이 하는 재미
가을에는 전어 구이 먹는 재미
겨울에는 온천 즐기는 재미
그러다 가끔 조개도 잡아보고
영덕대게도 먹어보고
그러다가 조조영화 한편
그렇게 1년 365일 중
봄 여름 가을 겨울
주신 의미를 같이 찾아가는 재미
쉽지 않아도
노력해서 해보면
참 행복해지는
시간들입니다

p.s 행복한 시간 만들어 가기

칭찬은

칭찬은 고래도 춤추게 한다
라는 책이 베스트셀러가 되어
전 국민이 읽은 것 같고
지금도 수없이 읽고 있는데
아직 그대만
모르시나 봅니다
책 내용은 하나도
몰라도 된답니다
제목만 아셔도 되는데
칭찬은 고래도 춤추게 하며
또한 당신의
또 한쪽도
춤추게 한답니다

p.s 칭찬 한번 팍팍 해주기

스승

스승의 은혜는
하늘같아서
우러러 볼수록
높아만 지네

이 노래처럼
인생사
남과 남이 만나
하나로 살아가는
일이야 말로
스승의 지혜가
필요한
가장 중요한
문제랍니다
혼자 끙끙
앓아 있을 수 없으니
지금이라도

주변에

진정

존경할 만한

따르고 배울 수 있는

그런 스승님

만나시는 것이

평생에

유익이랍니다

p.s 함께 따를 수 있는 스승 모시기

똑같아요

무엇이

무엇이

똑같을까?

대한민국

모든

부모 마음이

똑같아요

굳이

설명하고

싶지 않습니다

대한민국

부모라면

누구나 다 같은 마음

내 아이

내 자녀의 성공

그래서 생긴

부모의

많은 문제들
자녀가
우상이 되는
그 순간
물질이
우상이 되는
그 순간
아마도
저주의 시작이
될 수도 있답니다
부디
당신들은
똑같아지지 말기를

p.s 맡기세요 그냥 하나님께 다 맡기세요

좋은 남자 좋은 여자

태초부터 세상에는
좋은 남자와 좋은 여자는
따로 있지 않습니다
여자는 남자를 속였고
남자는 여자를 고발하며
서로가 서로에게
상처를 줄 수밖에 없었던
그런 사이였으나
결국에는 그들이 결혼을 했고
인류의 조상이 되었듯이
좋은 남자 좋은 여자는
처음부터 존재하지는 않았습니다
다만 하루하루 살아가며
좋은 남자로 좋은 여자로
서로가 만들어져 갈 뿐
오늘 좋은 남자 좋은 여자
만날 생각을 접으시고

오늘 내가 좋은 남자요

좋은 여자가 되도록

만들어가는 시간이 더 중요하지 않을까?

라는 생각에

마지막으로 진심으로 부탁 드립니다

태초부터 좋은 남자와 좋은 여자는

존재하지 않았기에

서로 도와주고

서로 인정해주며

살아 갔답니다

오늘도

좋은 남자요

좋은 여자로

p.s 나를 좋은 사람으로 만들어 가기

잊지 마세요

당신들 서로
사랑했다는 것
당신들 서로
사랑한다는 것
당신들 서로
사랑할거라는 것
잊지 마세요
처음도 지금도
나중도 당신들
서로 사랑해서
함께 살아간다는 것
잊지 마세요

p.s **사랑의 시간**

　　　잊지 않고 기억하기

따라 하세요

TV에서

나오는 행복한 가정

누군가에게

들었던 행복한 부부

책속에서

말해주는

부부 10계명

보고도 듣고도 알고도

부러워만 하지 말고

이제는

따라 하세요

시간은 지금도

흘러가고 있습니다

p.s 오늘부터 시작하세요

　　하나씩… 하나씩…

쉼

바람을
느낄 수 있는 곳
공기가
시원한 곳
그리고
가슴이 탁 트이는
그런 한 곳
머리가
개운해 지는
그런 한 곳
그냥
보고만 있어도
그냥
앉아만 있어도
기분 좋아지는
그런 한 곳
한두 군데 정도만

그냥
한두 군데 정도라도
같이
알고 있어야
하지 않을까 합니다
쉼을
누리기 위해

p.s **쉼의 장소 찾아내기**

PART 04

선물 이야기

한 명 그리고 또 한 명 그렇게 다른 두 사람이 만나서 또다시 한 명
가족이 되어준 "선물이야기"입니다.
때로는 부모 뜻 모르고 사고 칠 때도 있지만
살아가며 10년 동안 한 사람에게 해준 가장 큰 선물이
이 선물이야기랍니다.

오~호!

오~호!
세상에
어찌나 신기한
일들이 많은지
작은
벌레 하나에도
작은
곤충 하나에도
쉬지 않고
이어지는 감탄사
오~호!
오~호!
평생을 자라며
언제나
하나님의
창조물들을 보며
놀라는

예쁜 마음

그 마음 가지고

자라기를

그저

바랄뿐입니다

가르친 적 없는데

사내놈이

왜 그리도

잘 삐치는지

입 내미는 것은

누구한테

배웠는지

틈만 나면

주변에

누가 있든 없든

불쑥불쑥

튀어나오는

이~씌! 라는

단어는

이거 참

목사 아들이

쓰기에는

좋지 않은 단어인데

으이구!
오늘은
또 왜
입이 나왔는지
모르지만
암튼
사람들 많으면
좀 조심하기를
아빠 체면
부탁하삼

설마

설마
근육 자랑은
아니겠지?
그냥
폼만 잡은
것이겠지?
빈아
아빠의 영원히
풀리지 않은 숙제
몸 안에
사라진 근육을
부디
너라도
만들어 다오
웃음도 딱 아빠
팔 근육도 딱 아빠
그래서

넌

아빠 아들이다

입학식

처음 가는 학교에
처음 해본 입학식
처음 해본 행사기에
왜 그리도
어설픈 게 많은지
혼자 입은 양복과
큰 아빠가 보낸
개업식 화환
그 안에
써있던 내용은

'임예빈 어린이의
입학을 축하합니다'

그리고

잘못 배달되어져

다른 학교

운동장에서

버림받고 있던 화환

암튼

말도 많고

탈도 많던 입학식

빈아

너 이제

함께

살아가는

법을 배워야 한다

함께

초등학교

초등학교를
입학 했습니다
공개수업
시간이고요
나름
진지한
저 눈빛은
수업시간이
상당히
재미있는 듯
보입니다

이제
시작 되었구나!
20년 동안의
수업시간을
이겨 내 보거라

피하지 말고

즐기거라

진짜

성적 가지고

잔소리 안하는

아빠가 되어 보마

P.S 이 글을 쓸지 말지 마지막 까지 고민 중입니다

　　음… 책에 넣을까? 말까?

다행입니다

우는 아이
우는 선생님
태어나서
처음 만난
선생님과 친구들
그리고
처음 겪는
헤어짐에
눈물 보이는
아이를 보면서
참 다행이라
생각 했습니다
사랑하는
이들과 헤어질 때
눈물 한 방울
없이 헤어진다면
그것처럼

가슴 아플

현실은 없을 테니까요

평생을

소중한 이들과

함께 하며

함께 울어주기를…

아이는

아이처럼

자랄 때가

제일

예쁜 것 같습니다

아이가

갑자기

어른스러워진다면

그것도

너무

징그러울 듯 합니다

그냥 지금

9살은

9살처럼

10살 되면

10살처럼

그렇게

나이에 맞게

자라주기를
부탁 합니다

제발

밝은 마음
푸른 꿈
세계를 향하여

제발
제발
이렇게만
자라주기를
학교의
교훈처럼
제발
밝은 마음으로
모든 이들을
밝게 해주고
푸른 꿈으로
더 나은
미래를 준비해

세계로

나아가기를

제발

그러기를

매력 포인트

이빨 빠진

호랑이는

아무런 힘도 없고

이제 곧

죽게 될

운명이겠지만

이빨 빠진

예빈이는

아무런 걱정 없고

이제 곧

더 튼튼한

이가 자랄테니

예빈아

평생을

밝게 웃으며

어디서든

함께 웃으며

그렇게

원 없이 자라거라

구준표 머리에

살짝 빠진 앞니의

매력 포인트

어느 이모든

널

좋아하게 될거란다

감사

내 집에
같이 살아 주어서
내 곁에
같이 있어 주어서
내 맘에
같이 존재하기에
감사 그리고
또 감사한
사람들입니다

못해준 것 많아도
해줄 것은 없어도
내가
해줄 수 있는
유일한 선물은
나도 그저
두 사람 곁에

같이 있어주는 것
뿐입니다
그저 같이
함께…

사진 한 장

말 한마디로
천 냥 빚을
갚는다는 속담처럼
아이가
어렸을 때
함께 찍은
추억 있는
사진 한 장으로
평생의 행복을
만들어 줄 수
있을 것 같습니다
1년에 단 한번
아니
몇 년에 단 한번
아이 곁에서
놀아줄 수 있던
아빠임이

행복한

사진이랍니다

그렇게 되기를

당신 인생에
나를 만나
함께
살아가는 시간이
어느 한 날
기쁨이요
승리가 아닌
인생의
마지막 순간이
오늘
이 시간에도
지금 모습처럼
웃으며
브~이
할 수 있기를
그렇게 되기를
그렇게

만들어 줄 수
있도록
또 한번
이야기해봅니다
사랑 합니다

가장 귀한 모습

당신이
나에게 보여주는
수많은 모습들 중
언제나
내 마음을
가장
감동케 하는 순간은
당신이
나에게
최선을 다하고
당신이
아이에게
최선을 다하는
그런
시간이 아닌
오직
당신을 사랑하는

주님께 영광 돌리며
최선을 다하는 모습

가장
귀한 모습입니다

선물

결혼
그 후 10년
주님께 받은
가장 큰 선물의
첫 번째 사진
말 할 수도
만질 수도
알아 볼 수도
없었던
신비의 생명체였던
사랑하는 아이가
점점 더
신비로운
하나님의 사람으로
자라가고 있습니다
선물이기에
받은 선물

너무나도 크기에

주신 분에게

나중에

더 소중한 것으로

갚아 드리고

싶습니다

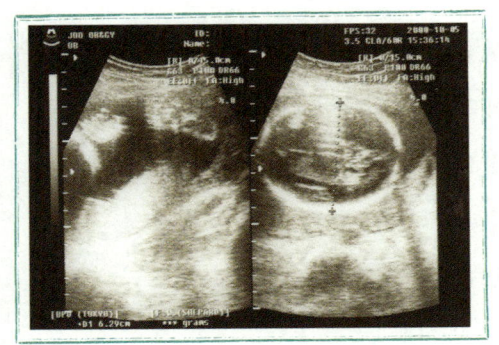

함께 사는 세상

저희에게는

아내의

몸을 통해

낳은 예빈이가 있으며

이제는

우리 아이보다도

더 큰 사랑으로

함께 키우며

가르쳐야 할

더 소중한

아이들이

더 많아졌답니다

함께 사는 세상이기에

내 아이만을

유별나고 특별하게

키우고 싶지 않습니다

언제나 더

섬기고 사랑하며
함께 사는 세상을
더 많이
아름답게
만들어 줄 수 있는
그런
아이들로
키우고 싶습니다
물론
제가하는 것은
거의 없습니다
아마도
저와 아내의
소망일 것입니다

늘
우리 집에는

아이들이
많기 때문입니다

어딜 보는지

어디를 나가면
조금만
새로운 것들을 만나면
엄마나 아들이나
뭐가 그리 신기한 지
두 눈이
쉬지를 못한 답니다
도대체
어디를 보는지
뭐가 그리 신나는지
더 많은 세상을
더 넓은 세상을
보여주고 싶답니다

목사아들

목사의 아들

이라는 호칭이

그리

달갑지 만은

않을 것입니다

주변에서 보았던

많은

목회자 자녀들은

억압되고

강제적인

교회생활과

가정생활에

늘

듣고 자랐던

목사 아들이

왜 그래?

라는 말 한마디에

더 많이

삐뚤어지는

모습들을

보인답니다

그러기에

우리 아이에게는

목사 아들이라는

말 보다는

한 명의

인격체로

대하며

가르치려고 했는데

이런!

오늘도

목사 아들인

예빈이는

예배 때

장난쳤다는

이유로

아빠에게

그리고

엄마에게

심하게 혼이 납니다

그러지

말아야지 하면서도

천상

어쩔 수 없음은

우리는

목회자 부부인가 봅니다

부디

빈이에게

말해주고 싶습니다

목사 아들

이라서가 아니라

부디
하나님의 자녀로
더 밝고
더 건강하게
자라주기를
부탁하고 싶습니다

p.s 결혼 청첩장을 명함으로 만들어 돌렸답니다.

이어서 젊은 날에 해보고 싶은 게 너무 많았답니다.

PART 05

청혼 이야기

10년 전에 했던 그 내용 그대로입니다.
다시 읽기에는 낯 뜨거운 글들이지만
어느 누구에게든
결혼을 한 모든 이들이라면 오래전 했던 그 고백 그 마음들이
같은 마음일 것 같아
한 글자도 고치지 않고 '청혼 이야기' 그대로를 다시 옮겨 봅니다.
결혼을 한 그대… 결혼을 앞둔 그대…
모두의 마음이기를 바라며…

결혼하고 싶다니깐~

뭐라고 해야 할까?

그냥 부끄러워서 그래…
쑥스럽기도 하고…

이거 참!

흠– 결혼하고 싶다니깐!
지금
내 앞에 있는 사람이랑

결혼하고 싶다고!!

결혼해요

그대를 알게 된지도
꽤 오랜 시간이 흘렀지만
모르겠네요

도대체
시간이 흐르면 흐를수록
더 모르겠네요

우리 결혼해요
이젠
서로를 좀 더
알아야 할 때가
왔잖아요

너를

사랑하기에
함께 하려 했는데
왠지
미안해지는 마음은
벅찬 행복에 대한 푸념인가
아님
스스로의 자학인가

p.s 이 세상 누구보다도
    당신을 행복하게 해주고 싶습니다.

선택의 용기

수많은
사람과의
만남을 뒤로하고
그대와의 결혼을 선택했습니다

오랜 시간
망설임 또한 있었지만
마지막에 선택할 수 있었던 용기는

나만을 기다리며
나만을 생각해 주는
그대의 사랑을
느낄 수 있었기 때문입니다

나 그대에게
내 인생을 맡기려 합니다

현실 보단 이상

사랑은 이상이며
결혼은 현실이라 하지만
그래도
이 세상을 살아가는
대부분의 사람들은
현실보다는 이상을 택하지요

간혹
후회하는 이도 있겠지만
한번 뿐인 인생
굳이
현실에 얽매일 필요는
없는 것 같습니다

이상한 맘

요새
이런 맘이
자주 듭니다

사랑하니깐
우린 꼭 결혼해야 한다는…

요새는 그냥
헤어지기 싫다는
그런 이상한 맘이
자꾸 듭니다

우리의 사랑 앞에
막연하게 다가오는 불행이
두려워서인가 봅니다

되겠지 뭐!

우리 결혼하면
행복할 수 있을까?

살 집은 어떻게?
생활비는 어쩌지?
학교 등록금은 누가 벌고?

정말 우리 결혼하면
행복하게 살 수 있을까?

수도 없이
되뇌이는 질문이지만
대답할 수 있는 건
어떻게든 되겠지 뭐~

행복이야 함께 만들어 가면 되잖아

현명한 선택

내 주위엔
훌륭한 어른들이 참 많다

이름만 대도 금방 알 수 있는
유명한 어른들이지

그분들에겐 공통점이 있다

무어냐면 대부분이
스물일곱
스물여덟에
이미 다들 결혼을 하셨다는 거지

이제 내 나이 스물일곱이 끝나가고 있다

너의 현명한 선택을 기다린다

터프한 남자 I

더 이상
못 참겠다며
소리 쳤습니다

어차피
헤어지지 못할 바에는
당장이라도 결혼하자고

돈 있냐고 하기에
지금은 없지만
벌어다 주겠다고
큰 소리 쳤습니다

기뻐서 웃는 건지
기가 막혀서 웃는 건지
그녀는 지금 웃고 있습니다

터프한 남자 II

장모님께
인사하러 가자고
자리에서 일어났습니다

아직
준비가 안됐다며
만류하는 그녀

그녀의 손을 뿌리치며
지금도 늦었다고
고함을 질렀습니다

감격해서 그러는지
속상해서 그러는지
그녀는 알았다며
내 등을 꼭 안아 주었습니다

그녀의 허락

결혼해도
당장 살 방이 걱정이었습니다
임대 APT에도 갈 돈이 없으니
막막한 현실뿐

속상한 마음에
당장 학교 때려치우고
취직이라도 하겠다고
소리치고 있을 때
그녀가 날
학교에 계속 다니게 했습니다

그녀는
방 하나뿐인 월세 방도 괜찮다며
날 위로하고 있습니다

아버지의 허락

그녀를
가족에게 인사 시키던 날

피곤에 지쳐 잠든 나에게
돌아가신 지 일 년이 넘도록
얼굴 한번 보이시지 않던 아버지가
제 꿈속에 그녀를 보겠다고 찾아 오셨습니다

얼마나 그리던 아버지였는데
세상에서 제일 신나는 날입니다

어머니의 허락

세상에서 하나뿐인
어머니에게
사랑하는 그녀를
소개시켜 주던 날

어머니는
분주한 모습으로
여기저기
전화번호를 돌리시며
소리를 지르십니다

우리 막내가
며느리 데려왔어
인물은 없어도
애들이 다 그렇지 뭐

분명

어머니는 웃으셨고

그녀와 나도

얼마나 기뻤는지 모릅니다

그래서

결혼이란 게
생각처럼 쉬운 일은
아닌 것 같습니다

그렇다고 결혼이란 게
생각보다 어려운 일은
더더욱 아닌 것 같습니다

그래서
우리 결혼하기로 했습니다

장모님

그녀의
어머니에게
인사를 드려야 한다

어떤 옷을 입어야 할지
인사는 어떻게 해야 하는 건지
무슨 말을 해야 점수를 딸 수 있는 건지

한 명의
여자를 얻기 위해
또 한 명의
마음을 얻어야 함이
그저 걱정만 될 뿐이다

그녀에게 바치는 시 I

우리가
결혼을 하게 된다면
나만 믿어 주었으면 합니다

비록
지금은 보잘 것 없는 나이지만
확실한 믿음으로 따라주었으면 합니다

우리가 정말로
결혼을 하게 된다면
나로 인해
그대가 늘 행복했으면 합니다

어느새
행복의 조건이 되어버린
돈과 명예
그리고

사치스런 여유보다는

나라는 존재가

그대를 행복하게 할 수 있는

유일한 조건이었으면 합니다

그녀에게 바치는 시 II

우리 나중에
결혼을 하게 된다면
서로가 신뢰할 수 있는 사이로
남았으면 합니다

그대는 나를 위해
충고를 잊지 않고
나는 그대를 위해
격려를 아끼지 않으며
언제나 감사하는 마음으로
그렇게 서로
신뢰하며 살았으면 합니다

우리 이제
결혼을 하게 된다면
모든 이에게
축복 받을 수 있었으면

좋겠습니다

늘 그런 복된 삶으로
겸손한 마음 가지고
서로를 섬기며
살았으면 합니다

그댈 향한 내 사랑이

우리가 모든 이의
축복 속에서
미소 띤 모습으로
결혼을 하게 된다면
아마도
그대 몰래 눈물지을 것 같습니다

장모님 말대로
세상에 잘난 남자
수도 없이 많은데
유독 이 못난 사람을 위해
평생을 맡기신 그대의 사랑에
내 눈물이 넘칠 것 같습니다

그러나
그대 앞에서는
언제까지나 웃음만 보이렵니다

나로 인해

그대까지

눈물 보여서는 안되니까요

그댈 향한 내 사랑이 고마움으로

작은 바람

우리가 결혼을 하게 된다면
인생의 쓰디쓴 어려움 속에
그 동안 겪어보지 못한
가슴 아플 시간들도 많이 있겠지만
함께 라는 자신감을 잊지 말고
당당하게 맞서 살았으면 합니다

우리가 결혼을 하게 된다면
작지만 소중할 행복
그런 설레임을 잊지 말고
늘 처음 같은 마음으로
살았으면 합니다

우리가 결혼을 하게 된다면
지난 일로 인해
싸움 속에 멍들어 가기보다는
지난 잘못들은

서로에 대한 믿음과 사랑으로
용서하며 살았으면 합니다

우리가 결혼을 하게 된다면
가난한 현실 속에
쌓여만 가는 슬픔들
그 힘겨움조차도
자그마한 소중함에
감사하며 살았으면 합니다

쉼터

자정을 넘긴 이 늦은 시간에
그대 집 앞에 무턱대고
찾아온 이유는
오늘 낮 왠지 슬퍼 보이는
그대의 한마디 음성 때문입니다

괜찮다 하지만
괜찮을 수 없는 내 마음은
이미 그때부터
그대 곁에 있었지만
살아가는 세상 힘에 겹다 보니
이 늦은 시간이 되어서야
그대 앞에 왔네요

나와 봐요 내가 여기 왔으니
내 얼굴보고 이야기를 해 봐요
내가 다 들어 줄 테니

행복한 사랑

바라만 보고 있어도
언제나 마음 편한

듣고만 앉아 있어도
언제나 가슴 설레는

그렇기에
언제나 마음 편한
행복한 사랑

인생 속에
한 번 만나기도 어려운
그런 사랑

기다림

세상 속의 할 일이 너무 많아
어느새 떨어져 있은 지
몇 날이 되어가네요
하루하루 시간들이 정신없이 지나다가도
늦은 밤
갑자기 천천히 지나는 시간은
이 밤에 또 혼자여야 하기에
길어져만 가는 오늘 같은 밤이
어서 빨리 끝났으면
그랬으면 좋겠어요

알았지

그대가 어느 날
우린 서로 어울리지 않나 봐
헤어져야 하나 봐
그렇게 웃으며 이야기 할 때
눈치 챘는지 모르겠네요
놀란 가슴 빨라지는 심장소리를

그대가 장난이라며
내 손을 잡아 줄 때
한번 더 그런 장난치면
가만두지 않겠다고 말하면서
정말로 장난이라도
농담이라도
해서는 안 되는 말이 있다는 걸
알았지요

과정

많은 이들의 축복 속에
우리들의 결혼이
이루어졌으면 하는
그런 자그마한 소망이
우리의 사랑을
가로 막고 있는
세상 속의 어려움조차
감사 할 수 있는
사랑의 과정으로
만들어가고 있답니다

오늘 하루

그대
오늘 하루 무얼 하며 지냈나요
혹시
아픈 곳은 없었는지
속상한 일은 없었는지

난
오늘 하루
속상한 일이 많아
얼마나 슬프던지
오늘 이 밤
내 마음 좀
진정시켜 줄 수는 없는지
나 오늘 이 밤
그대의 도움이 필요합니다
오직 그대만의

기다릴게

부모님들이 만약에 반대하면
그러면…
그러면 어떻게 하지?
괜찮다고?
너만 믿으라고
아니지
나만 믿겠다고?
알았어
기다릴게

너

내가 결혼하고 싶은 사람이 누구냐고?
그야 물론 얼굴 예쁘고
몸매가 좋은 여자겠지

그런 거 말고
내가 결혼하고 싶은 사람이 누구냐고?
그런 거 아니라면 마음이라도 고와야지
나만 믿어주고 따라주는

그거 말고
진짜로
내가 결혼하고 싶은 사람이 누군지
짧게 말하라고?
알았어
한 글자로 대답 할게
바로
…너

그날엔

야외무대에서의 공연처럼

아름다운 햇살아래

시원한 바람을 느끼며

사랑스런 눈길을 받으며

그렇게 꿈처럼 환상처럼

난

그런 결혼식을 할거야

참

그리고

그날에는 꼭 네가 필요해

p.s 이 소원처럼 야외 결혼식을 했고

신랑 신부 입장은 턱시도와 드레스를 입고

큰 오토바이에 몸을 실어 시내를 한 바퀴 돈 후

아주 멋있게… 아주 폼 나게… 그렇게 입장을 했답니다.

그러다 시작 전에 비가 왔고 잠시 피했다가 나오니

이런⋯ 하늘 위에 무지개가 떴네요

그 무지개 아래로

신랑 신부는 손을 맞잡고 입장을 했다는 결혼이야기가 있습니다